LES ENQUÊTES DE MICHEL BOLOGNAISE

POISON ET ANIMAUX MIGNONS

Retrouve

LES ENQUÊTES DE MICHEL BOLOGNAISE

dans

Panique au musée !

Panique au musée d'Art contemporain !
Une célèbre toile a été vandalisée et c'est à
Michel Bolognaise, commissaire malchanceux
et maladroit, de résoudre ce mystère.
Heureusement, il peut compter sur Pecorino,
son chien qui pue et qui parle, et sur Yveline, sa
voisine super futée, pour mener l'enquête
et débusquer le coupable !

Compositeur
PRESS·PROD

Imprimé en UE
Dépôt légal : avril 2024
N° d'impression :
ISBN : 978-2-7499-5752-4
LAF 3478

LES ENQUÊTES DE MICHEL BOLOGNAISE

POISON ET ANIMAUX MIGNONS

Texte d'Antoine Sahler
Illustrations de Floriane Vernhes

CHI FOU MI
Michel Lafon Jeunesse

Chifoumi est une marque de Michel Lafon jeunesse.

118, avenue Achille-Peretti – CS 70024
92521 Neuilly-sur-Seine Cedex

www.michel-lafon.com

Loi n° 49-956 du 16 juillet 1949
sur les publications destinées à la jeunesse,
modifiée par la loi n° 2011-525 du 17 mai 2011

1
Lili Confetti

Comme tous les dimanches, Yveline prend le petit déjeuner avec ses parents, Alain et Malika. La famille s'est levée un peu plus tard que d'habitude et tout le monde somnole encore, bercé par les bruits de cuillers qui tournent dans les bols, de couteaux qui beurrent les biscottes et par le ronflement régulier de la cafetière. De temps en temps, on entend juste un : « Confiture, s'il te plaît », mais c'est à peu près tout. Il est vraiment trop tôt pour formuler des phrases complètes. Machinalement, Malika allume la radio.

« Tout de suite, flash spécial ! On vient d'apprendre qu'hier soir la célèbre chanteuse Lili Confetti a eu un grave malaise en plein milieu du dîner de gala de l'Association de protection des animaux mignons. Elle a été emmenée en urgence à l'hôpital. Après l'avoir examinée, les médecins ont conclu qu'elle avait été empoisonnée.

Heureusement, elle est désormais hors de danger, mais sa participation au concours EuroKid, prévu dans un mois, risque d'être annulée. Le commissaire chargé de l'enquête, Michel Bolognaise, ne s'est pas encore exprimé. »

— Ça alors ! s'exclame Yveline en laissant tomber sa tartine dans son bol de chocolat. Lili Confetti, mais je l'adore, moi !

— C'est la fille aux cheveux roses qui chante ce truc idiot, là ? *Va jouer dehors, petit dinosaure* ? demande Alain.

— Pas du tout, intervient Malika, tu confonds avec Zaza Caramel. Lili Confetti, c'est beaucoup mieux ! N'est-ce pas, ma chérie ?

— Oui, ça n'a rien à voir ! Tu sais, c'est elle qui chantait *Le Cœur trampoline*, en duo avec Stan la Mèche ! Je l'aime trop, cette chanson !

Et Malika se met à chanter avec sa fille, sous le regard désespéré d'Alain :

Quand tu t'assieds comme ça
Tout à côté de moi
Je sautille je trépigne
J'ai le cœur trampoline

— De mon temps, la chanson, c'était beaucoup mieux, marmonne Alain en finissant son café.

— Je trouve ça quand même très étrange, cette histoire d'empoisonnement. Qu'est-ce que vous en dites, vous ? demande Yveline.

— J'en pense que tu aimes trop les énigmes ! Ce n'est pas parce que tu adores les mystères et les enquêtes qu'il faut voir partout des affaires à résoudre ! D'accord, Lili Confetti doit avoir beaucoup d'ennemis qui sont jaloux de son succès. Mais ça m'étonnerait quand même que quelqu'un l'empoisonne juste pour l'empêcher de chanter.

— Et pourquoi pas ? Tu sais, dans ces milieux-là, il doit souvent se passer des trucs bizarres… répond Alain.

Tout en essayant de repêcher sa tartine déjà complètement molle au fond de son bol de chocolat chaud, Yveline réfléchit :

— Ils ont dit que c'était notre voisin, le commissaire Michel Bolognaise, qui était chargé de l'enquête. Vivement ce soir que j'aille promener son chien Pecorino, j'en saurai sans doute davantage…

Le soir même, Yveline frappe à la porte du commissaire Michel Bolognaise. Ça n'est pas très compliqué, il habite sur le même palier ! Et ils se connaissent bien : chaque soir, Yveline emmène en promenade Pecorino, le chien du commissaire. Un chien qui parle, mais qui a très mauvaise haleine…

Quand Michel Bolognaise ouvre sa porte, il a l'air aussi perdu que d'habitude : ses chaussettes sont dépareillées, sa cravate pend de travers, il est tout décoiffé et sa chemise est mal boutonnée !

— Bonjour Michel, je viens chercher Pecorino !

— Bonjour Yveline ! J'en connais un qui va être content !

Au même moment, Pecorino arrive en courant et saute au cou de sa voisine.

— Promenade !!!

— Euh, oui, Pecorino, on y va, mais éloigne-toi un peu, tu ne sens pas très bon du museau…

— C'est à cause du tarama !

— Du tarama ?

— Oui, aujourd'hui on a enquêté avec Michel ! On est allés au Suprême Palace, là où a eu lieu le fameux dîner où la chanteuse Lili Confetti a été empoisonnée. Tu es au courant ?

— Oui ! J'ai entendu ça à la radio.

— Eh bien, pendant que Michel cherchait des indices, j'ai eu le droit de finir tous les restes !

Tout en accrochant la laisse au cou de Pecorino, Yveline en profite pour demander :

— Alors, Michel, cette enquête, ça se présente comment ?

— Oh, je pense que ça ne va pas être très long. Ni très compliqué. Tu connais le chanteur Stan la Mèche ?

— Évidemment, il est archiconnu ! Il a sorti une super chanson en duo avec Lili Confetti.

— Eh bien, figure-toi qu'il était assis à la même table qu'elle et qu'il est devenu le pire ennemi de Lili Confetti depuis qu'on sait que seul l'un des deux pourra représenter la France lors d'un concours de chant, euh... Eurokiche, je crois ?

— Oh ! Vous pensez donc qu'il aurait empoisonné sa rivale pour être sûr d'être sélectionné pour le concours ?

— Ça me paraît évident.

— On sait quel poison a été utilisé ?

— De la mort-aux-rats.

— Pouah ! C'est horrible !

— Oui, et très facile à trouver, poursuit Michel. En tout cas, utiliser de la mort-aux-rats en plein dîner de l'Association de protection des animaux mignons, c'est plutôt bizarre, non ?

— Ben pourquoi vous dites ça ? Moi je trouve ça très mignon, un petit rat ! Bon, et vous avez d'autres informations ? Des preuves ?

— Pour l'instant non, mais j'y travaille. Dis donc, tu es très curieuse, hein…

— Oh, vous me connaissez, j'adore ça, les enquêtes ! Et puis, Lili Confetti, c'est ma chanteuse préférée au monde. Bon, Pecorino, tu viens ? Ça ne te fera pas de mal de marcher un peu !

— Pourquoi tu dis ça ?

— C'est très gras, le tarama.

2
Stan la Mèche

Le lendemain, Michel Bolognaise arrive au commissariat fier et déterminé. Il a convoqué Stan la Mèche à la première heure pour un interrogatoire.

— À nous deux, mon gaillard ! hurle-t-il dans le hall d'entrée qu'il pense vide.

Sauf que non ! Devant l'ascenseur, l'air soupçonneux et très digne dans son grand manteau, le ministre de la Justice, Quentin La Nouille, regarde Michel Bolognaise.

— Qu'est-ce que vous dites ?

— Euh… je pensais tout haut…

— C'est la preuve que vous pensez, c'est déjà un point positif.

Pecorino ne peut s'empêcher d'étouffer un petit rire.

— C'est justement vous que je venais voir, Bolognaise, reprend le ministre.

— Oh, d'accord... C'est à propos de l'enquête ? J'ai rendez-vous dans dix minutes avec Stan la Mèche. Je compte bien boucler cette affaire dès aujourd'hui !

Quentin La Nouille, Michel Bolognaise et Pecorino montent dans l'ascenseur et se dirigent vers le bureau du commissaire.

— Vous pensez que c'est lui le coupable ? demande le ministre.

— Ça me paraît évident ! Tout l'accuse. Il est le principal rival de Lili Confetti pour le concours EuroKiki...

— EuroKid, pas EuroKiki.

— Ah oui, c'est vrai, pardon. Je ne suis pas très au courant de ce qui se fait dans la chanson aujourd'hui.

— Venez-en au fait, Bolognaise.

— Je disais donc : premièrement, il est le principal rival de Lili Confetti. Deuxièmement, le soir du dîner, il était assis à la même table que la victime. Et troisièmement, on dit que c'est quelqu'un de très ambitieux, et qu'il déteste cette chanteuse.

— Je croyais pourtant qu'ils avaient enregistré un duo ensemble ?

— Oui, *Le Cœur trampoline* ! Vous connaissez ?

— Ne chantez pas, Bolognaise ! Oui, je connais…

— Visiblement ils se sont fâchés après l'enregistrement, et depuis leurs relations sont glaciales…

Arrivés devant la porte du bureau, le ministre s'arrête et se tourne vers Michel.

— Bolognaise, il faut que vous sachiez quelque chose d'important. Stanislas Lambert est le fils d'un de mes plus proches amis.

— Qui est Stanislas Lambert ?

— C'est le vrai nom de Stan la Mèche, enfin ! Bolognaise, vous ne pensiez pas qu'il s'appelait vraiment comme ça ?

— Je… non, bien sûr…

— Personne, dans la vraie vie, ne s'appelle « la Mèche » !

— Oui, sûrement…

— Donc, reprend Quentin La Nouille en retenant un soupir, Stanislas Lambert, aussi appelé « Stan la Mèche », est le fils d'Hilarion Lambert, le ministre des Sports.

— Excellente nouvelle ! Donc nous allons pouvoir interroger son père aussi.

— VOUS NE COMPRENEZ PAS, BOLOGNAISE ??? hurle soudain Quentin La Nouille. Si jamais vous découvrez que c'est bien Stan la Mèche le coupable, il faudra étouffer l'affaire.

— C'est-à-dire ?

— Vous devrez trouver un autre coupable. Hors de question d'accuser ce garçon, c'est bien compris ?

— Mais…

— Bonne journée, Bolognaise.

Et le ministre, sans un mot de plus, repart vers l'ascenseur.

— Pecorino ?

— Oui ?

— Tu savais que Stan la Mèche, ce n'était pas son vrai nom ?

— Oui, bien sûr… et c'est pareil pour Lili Confetti !

— Ah bon ? Mais alors personne n'a son vrai nom, dans ce monde-là ! Comment s'appelle-t-elle, en fait ?

— Lisa Brocoli.

— Ah oui… C'est sûr que ça sonne un peu moins bien.

— Michel ?

Bolognaise reconnaît la voix de Béatrice, son assistante.

— Ton rendez-vous est arrivé !

Quelques secondes plus tard, Stanislas Lambert, alias Stan la Mèche, sort de l'ascenseur l'air furieux.

Le moins que l'on puisse dire, c'est que Stan la Mèche ressemble vraiment à une star ! Lunettes noires, pantalon moulant en cuir et tee-shirt arborant ses initiales, le voici qui avance à grands pas et s'installe dans le bureau du commissaire Bolognaise avant que ce dernier ne l'y ait invité.

— C'est vous, Carbonara ?

— Non, Bolognaise. Commissaire Michel Bolognaise.

— Alors comme ça, je suis convoqué par la police ? Et le matin, en plus !

— Pourquoi, ça vous gêne de venir le matin ?

— Je ne me lève jamais avant midi ! C'est très mauvais pour la voix.

— Oui, eh bien ici, monsieur la Mèche, on travaille dès le matin. Et il fallait que je vous voie rapidement !

— D'habitude, c'est moi qui fixe l'heure de mes rendez-vous !

— Vous êtes dans un commissariat ! Pas sur un plateau de télévision.

À cet instant, Béatrice, un peu nerveuse, entre dans le bureau.

— Excuse-moi de te déranger, Michel… je venais voir si monsieur la Mèche désirait un café ? Ou une boisson fraîche ?

Sans attendre la réponse de Stan la Mèche, Bolognaise lui répond sèchement :

— Non, Béatrice, ça ira. Laisse-nous, s'il te plaît.

Et Béatrice, penaude, quitte le bureau.

— J'aurais bien bu un café, moi, soupire Stan la Mèche.

À peine a-t-il fini sa phrase que Béatrice entre à nouveau.

— Quoi, encore ?

— Euh, excuse-moi, Michel, mais je voulais savoir si, avant l'interrogatoire, monsieur Stan la Mèche aurait été d'accord pour me signer un autographe.

Et, tout en rougissant, Béatrice tend un poster au chanteur.

— C'était l'affiche de votre concert au stade du Grand-Boulodrome, l'année dernière. J'étais au premier rang, j'ai tellement a-do-ré !!!

— Ouais, c'est vrai que j'avais plutôt assuré, ce soir-là…

Bolognaise, fou de rage, saisit le feutre et dessine des oreilles de lapin sur la photo du chanteur, devant le regard ahuri de Stan la Mèche et de son assistante.

— Le voilà, ton autographe ! Et maintenant laisse-moi travailler, Béatrice !

L'air honteux, l'assistante du commissaire quitte la pièce, son poster de Stan en lapin sous le bras.

— Vous êtes jaloux, avouez, lui dit Stan avec un petit sourire. Ça vous amuse d'humilier les gens, commissaire Pesto ?

— Moi, c'est Bolognaise. Michel Bolognaise. Et pas du tout, je fais mon travail.

— Bon, allons-y alors, je n'ai pas de temps à perdre ici. J'imagine que vous voulez me voir à propos de ce qui s'est passé au dîner ? Cette pauvre petite chochotte de Lili Confetti n'a pas digéré son repas ? En quoi ça me regarde ?

— Vous savez aussi bien que moi qu'on a essayé de l'empoisonner…

— Oui, c'est ce que j'ai entendu… Mais moi, je la connais bien, Lili, elle est prête à tout pour faire parler d'elle. Je me suis dit : « Si ça se trouve, elle a juste eu un peu mal au ventre et elle s'est imaginé toute cette histoire pour faire parler d'elle. »

— Vous étiez assis à la même table qu'elle, n'est-ce pas ?

— Oui, malheureusement… Il y avait tellement de gens cool à cette soirée, et ils m'ont collé à la table de cette petite pleurnicheuse.

— Ça tombe bien, pour vous, que Lili Confetti tombe malade en ce moment, non ? Vous êtes en concurrence pour la participation au concours EuroKid, après tout !

— Vous rigolez, j'espère ? En concurrence ? Elle et moi ? Laissez-moi rire ! Attendez, commissaire Salami… Vous insinuez que c'est MOI qui l'aurais empoisonnée pour être sûr de participer au concours ?

— Je pose simplement la question. Et je m'appelle BOLOGNAISE !

— Bon, je perds mon temps ici. Dépêchez-vous de me poser vos questions et laissez-moi rentrer chez moi.

Discrètement, Pecorino s'approche du commissaire et chuchote :

— Demande-lui ce qu'ils ont mangé au dîner et s'il a remarqué quelque chose de bizarre.

— Ah oui, très bien, ça, Pecorino ! Dites-moi, monsieur la Mèche, qu'avez-vous mangé au dîner ?

— Il y avait un truc avec de l'avocat et des crevettes en entrée, c'était assez stylé, je l'ai pris en photo mais je ne l'ai pas mangé. Ensuite, c'était de la viande avec de la sauce et des légumes, genre repas du Moyen Âge. Ça, je l'ai mangé, mais je ne l'ai pas pris en photo.

— Vous avez remarqué quelque chose de bizarre, à cette soirée, avant le malaise de Lili Confetti ?

— Non, rien… C'était assez nul, pour tout vous dire. Je me suis tellement ennuyé que le seul moment un peu intéressant, ça a été quand un gars à ma table s'est plaint parce qu'il avait demandé un plat végétarien et qu'il a eu de la viande. Tu parles d'une affaire !

— Bien... Je n'ai pas d'autres questions pour l'instant, mais je vais vous demander de rester à la disposition de la justice. J'aurai peut-être encore besoin de vous plus tard.

— Si vous voulez. Mais retenez bien ça, Mascarpone...

— Bolognaise !

— ... je n'ai pas besoin d'empoisonner cette petite chanteuse du dimanche pour gagner contre elle. Je suis le meilleur, OK ?

Et sur ces mots, Stan la Mèche quitte le bureau en sifflotant. Après quelques secondes de silence, Michel Bolognaise se tourne vers son chien.

— Aucun doute, mon vieux Pecorino. Le coupable, c'est lui ! Et je vais le prouver.

3
Le Suprême Palace

Au même moment, à l'autre bout de la ville, une petite fille aux cheveux noirs bouclés et aux yeux malicieux encerclés de grosses lunettes rondes s'approche d'un grand et luxueux hôtel. La petite fille, c'est Yveline. L'hôtel, c'est le Suprême Palace. Et si Yveline est ici, c'est pour mener l'enquête.

Après avoir relu avec attention tous les articles de journaux consacrés à l'affaire, Yveline a découvert le lieu précis où s'est produit l'empoisonnement : il s'agit de la grande salle de réception, située au dernier étage du palace. Yveline aimerait vraiment pouvoir s'y rendre et y chercher des indices, mais comment faire ? « Je vais y aller au culot », pense-t-elle. Alors elle se dirige vers l'entrée principale d'un pas décidé, en faisant comme si tout était parfaitement normal. Un peu comme si elle s'apprêtait à entrer chez elle.

Après avoir monté les quelques marches du perron sans se faire arrêter, Yveline se retrouve nez à nez avec un homme habillé en costume rouge et noir. Il se tient très droit, très digne.

— Bonjour mademoiselle, vous désirez ?

— Je… je dois retrouver mes parents, ils m'attendent dans leur chambre. J'étais sortie faire une course, nous sommes en vacances.

— Vos parents, vous dites ? C'est étrange, il ne me semble pas vous avoir déjà vue. Puis-je, s'il vous plaît, vous demander le nom de vos parents et le numéro de la chambre ?

Yveline tente le tout pour le tout.

— Monsieur et madame… Durand ! Mais je ne me souviens plus du numéro de notre chambre…

— C'est très embêtant… Durand, vous dites ? Je ne crois pas qu'il y ait de clients à ce nom, mademoiselle. Veuillez patienter ici, s'il vous plaît, je vais me renseigner.

Et le gardien s'engouffre dans la porte à tourniquet dorée, laissant Yveline seule à l'extérieur. Un coup d'œil à droite, un coup d'œil à gauche : elle ne voit aucune autre porte de ce côté-là du bâtiment… « Ne restons pas ici, se dit-elle, ça pourrait rapidement se gâter, ce gardien n'a pas l'air très commode ! »

Sans demander son reste, Yveline s'éloigne de l'entrée principale pour contourner l'immense et luxueux immeuble. Et sur le côté gauche, elle aperçoit alors une autre porte, beaucoup moins chic et visiblement réservée au personnel de l'hôtel. La porte n'est pas gardée. Mais une fois arrivée devant, Yveline remarque qu'il faut un code pour l'ouvrir.

— Zut ! dit-elle tout haut. Encore un obstacle.

Soudain, elle entend un bruit de pas venant de l'intérieur. Il semblerait que quelqu'un se dirige vers la porte. Ni une ni deux, Yveline court se cacher derrière un petit buisson bordant l'hôtel. Ouf ! Il était moins une : la porte s'ouvre et c'est à nouveau le gardien qui apparaît, suivi par un autre employé également habillé en costume rouge et noir. Les deux hommes s'arrêtent sur le pas de la porte et allument chacun une cigarette.

— Dis donc, tu sais ce qui vient de m'arriver ? Une petite fille un peu bizarre a voulu rentrer en prétendant que ses parents l'attendaient à l'intérieur. Je me demande bien ce qu'elle venait chercher…

— Sûrement à cause de cette histoire avec la chanteuse. Peut-être une fan ? Tu sais, ils sont prêts à tout, parfois, pour suivre leur idole…

— Oui, ou alors elle venait enquêter sur cette histoire d'empoisonnement ?

— Genre une enfant détective privée ? Ha, ha, t'es marrant, toi !

À cet instant, Yveline entend un bruit dans son dos qui la fait se retourner. C'est un camion qui ralentit à son niveau et tourne dans une petite rue juste derrière le palace. Prudemment, elle s'avance dans sa direction, après avoir pris soin de vérifier que les deux gardiens ne l'ont pas vue. Le camion s'immobilise devant une porte de parking. Elle aperçoit alors un homme sortir du véhicule et en ouvrir l'arrière pour décharger un grand panier à linge à roulettes. Au même moment, la porte du parking s'ouvre et une femme apparaît avec un panier similaire.

— Ils livrent des draps propres pour l'hôtel ! chuchote Yveline. Vite, c'est l'occasion !

Elle se rapproche sans faire de bruit, en restant cachée derrière une haie. Mais comment faire pour se glisser à l'intérieur ? Si elle sort de sa cachette, l'homme qui est descendu du camion la verra tout de suite. Yveline réfléchit très vite, le cœur battant. Pendant ce temps, elle voit l'homme pousser le gros chariot de linge propre vers la porte du garage et parler à la femme de ménage qui lui a apporté un panier rempli de linge sale. Quand soudain la femme glisse et renverse son chariot. Vlan !

— Ah, mais quelle maladroite !

C'est l'instant qu'Yveline attendait ! L'homme s'est précipité au secours de la femme de ménage. D'un bond, Yveline profite de leur inattention pour se faufiler jusqu'au panier de linge propre et sauter dedans !

YveliNE

Elle se glisse entre deux housses de couette — c'est très confortable, on voit bien que ce sont les draps d'un hôtel très chic – et elle attend, immobile, le cœur battant. Quelques secondes plus tard, elle entend la voix de la femme de ménage :

— À demain !

Puis, pour elle-même :

— Eh ben dis donc, il est lourd, ce chariot, aujourd'hui !

Quelques secondes plus tard, Yveline est à l'intérieur de l'hôtel. Elle n'a plus qu'à sortir du panier pour pouvoir mener l'enquête !

4
Enquête et épluchures

Décidément, Yveline a de la chance ! À peine a-t-elle réussi à entrer dans l'hôtel qu'elle entend le bruit d'une porte d'ascenseur qui s'ouvre, puis celui d'un bouton qu'on enfonce, et la voix d'une deuxième femme qui s'adresse à la femme de ménage :

— Salut ! Tu montes ?

— Oui ! Livraison du linge, dernier étage !

Yveline retient avec peine un petit cri de joie. On l'amène directement au dernier étage du Suprême Palace. C'est-à-dire exactement là où elle veut se rendre, puisqu'à cet étage il y a la salle de réception où a eu lieu l'empoisonnement. Et surtout, il y a les cuisines où on a préparé les plats ! Mais comment sortir du panier sans que personne s'aperçoive de sa présence ? Yveline commence à manquer d'idées…

Heureusement, la chance est toujours de son côté. Yveline, qui reste immobile et veille à ne pas faire de bruit, entend la sonnerie de l'ascenseur indiquant l'arrivée au dernier étage, puis le son de la porte qui s'ouvre, puis la femme de ménage qui râle (« Décidément, il est vraiment lourd, aujourd'hui, ce chariot ! »), puis le bruit des roues du panier qui avance dans un couloir, puis la voix de la femme de ménage à nouveau (« Allez, avant de me mettre au travail, petite pause-café ! Tu m'accompagnes, Josy ? »). Le chariot s'immobilise. Les bruits de pas s'éloignent. Puis le silence. C'est le moment !

Sans hésiter, Yveline s'extirpe du linge propre, vérifie que la voie est libre puis descend du chariot en s'efforçant de faire le moins de bruit possible. Elle se trouve dans un grand couloir un peu sombre, à la moquette épaisse. Devant elle, des portes sont alignées, indiquant « Buanderie », « Salle de repos », « Cuisines ». Yveline hésite une seconde devant la dernière porte, elle tend l'oreille puis se décide et entre. Personne ! Elle ressent un petit sentiment de fierté d'être arrivée jusque-là. Mais elle reste quand même très concentrée : la femme de ménage n'est pas loin, il va falloir faire très attention et avancer très discrètement.

Les cuisines sont grandes et un peu en désordre. Yveline trouve ça étonnant pour un hôtel aussi chic. « Comme quoi, il ne faut pas trop regarder l'envers du décor », pense-t-elle. De grands éviers débordent de vaisselle sale. Des tables roulantes sont garées n'importe comment (elles ressemblent un peu à celles de la cantine de l'école, mais avec des roues dorées). Et dans un coin, une très grosse poubelle est ouverte, laissant apparaître un énorme tas d'épluchures de légumes. C'est alors qu'Yveline aperçoit, épinglé sur le mur, une sorte de grand poster représentant un plan de la salle du restaurant, avec des ronds et des noms. « Le plan de table du dîner de gala de l'Association de protection des animaux mignons ! Alors ça, c'est vraiment intéressant », se réjouit-elle. En un coup d'œil rapide, elle trouve la table où était assise Lili Confetti. Autour d'elle, elle lit les noms suivants : Erwann Le Fumier, Zoé Licol, Kevin Pichon, Noémie Sainte-Pierrade, Dan Tatami, Lili Confetti, Stan la Mèche.

— Tiens, tiens…

Soudain, Yveline entend des voix derrière elle. Deux personnes en pleine discussion sont en train de se rapprocher. Elles vont entrer ici, dans la cuisine, dans quelques secondes ! Yveline regarde tout autour d'elle, incapable de trouver une cachette. Finalement, elle se jette la tête la première dans la poubelle ! Et elle prend bien soin de se recouvrir d'épluchures de pommes de terre pour qu'on ne la voie pas. Elle a juste le temps de se dire : « Je préférais vraiment le linge propre de tout à l'heure » que la porte s'ouvre. Ouf !

— Mais tu te rends compte, s'ils s'aperçoivent que c'est moi qui ai fait cette erreur, je serai virée dans la minute ! Et si j'avais des problèmes avec la justice ?

— Ne t'inquiète pas, Nawel, tu ne cours aucun risque ! On était les seules serveuses, les patrons étaient partis, personne ne se doute de rien.

— Oui mais les clients ? Ils vont être interrogés par la police !

— Oh, tu sais… Il paraît que c'est le commissaire Bolognaise qui s'occupe de l'enquête, et que ce n'est vraiment pas un génie.

— J'ai quand même fait une grosse bêtise.

— Mais non, tu n'as rien fait ! Tu as juste servi les plats et tu t'es trompée en distribuant les assiettes ! Ce n'est pas si grave.

— Oui mais… J'aurais dû servir l'assiette sans viande à Dan Tatami et je l'ai servie à Lili Confetti à la place…

— Écoute, oublie tout ça, je t'assure. Dans quelques jours, plus personne ne pensera à cette affaire. Dis donc, en revanche, il faut qu'on se mette vite à faire la vaisselle, parce que ça laisse à désirer ici !

— Oui, tu as raison. Je vais commencer par jeter la poubelle au vide-ordures et ensuite, je t'aide.

Yveline sent alors la poubelle se déplacer jusqu'à un coin de la pièce, puis se soulever et se retrouver à l'horizontale ! Elle imagine le vide, le long tuyau de métal et la chute. Et soudain, elle pense : « On est au huitième étage. » Elle n'a pas le temps de crier que la poubelle penche complètement et qu'elle tombe avec les ordures.

On ne le dira jamais assez : les épluchures de pommes de terre, c'est un excellent amortisseur. Quelques secondes plus tard, Yveline est assise sur un tas d'ordures puant, mais elle est en vie et en un seul morceau. Et surtout, elle est à quelques mètres de la sortie ! Nageant au milieu des restes de poulet, des pots de yaourt, des spaghettis froids et des trognons de pommes, elle réussit à sortir de l'immense benne à ordures de l'hôtel. Une poussée sur la porte suffit : elle est libre !

Quelques minutes plus tard, tentant de rester digne, Yveline repasse devant l'entrée principale du Suprême Palace couverte d'épluchures, sous le regard stupéfait du gardien. Elle se sent sale et fatiguée, elle a vraiment hâte de rentrer chez elle pour se laver et se changer. Mais maintenant, elle sait que l'enquête, grâce à elle, va enfin avancer. Et qu'il est temps de se renseigner sur un certain Dan Tatami.

5
Les preuves s’accumulent

Le lendemain matin, un homme étrange se présente au commissariat et demande à voir le commissaire Bolognaise. C’est Béatrice qui le reçoit dans son bureau. Elle a fixé au mur le poster de Stan la Mèche, malgré l’autographe en forme d’oreilles de lapin.

— Bonjour monsieur, vous souhaitez parler au commissaire ? C’est à quel sujet ?

— C’est à propos de l’empoisonnement de Lili Confetti.

Puis l’homme désigne le poster.

— Vous l’aimez bien, ce chanteur ?

— Oh oui, je suis sa plus grande fan ! Il était ici, hier, dans le cadre de l’enquête.

— Pourquoi il a des oreilles de lapin ?

— Euh, c’est une longue histoire…

— Je voudrais apporter une information sans doute importante pour l’enquête. Ça concerne justement ce monsieur Stan.

À cet instant, on entend un bruit de chute dans le couloir et un homme jurer :

— Saleté de couloir qui glisse !

— Michel, je t'avais dit que ton lacet était défait…

En reconnaissant les voix de Michel Bolognaise et de Pecorino, Béatrice se tourne à nouveau vers l'homme.

— Le commissaire est arrivé. Je vais lui demander de vous recevoir.

Quelques instants plus tard, l'homme s'installe dans le bureau de Michel Bolognaise. Il porte une veste grise avec le logo d'un magasin de bricolage.

— Alors, vous voulez me voir à propos de l'affaire Lili Confetti ?

— Oui… je travaille au Brico Malin, en centre-ville.

— Ah, vous tombez bien ! La semaine dernière, j'ai acheté un tournevis dans votre magasin mais ce n'est pas la bonne taille, alors je me demandais si je pouvais le changer…

— Michel, intervient Pecorino, je ne crois

pas que ce soit le moment… Le monsieur est venu pour nous aider dans notre enquête.

— Euh oui, tu as raison… Vous disiez, monsieur ?

— Chignole. Je m'appelle Kader Chignole. Voilà. Hier, à la radio, les journalistes disaient qu'on avait tenté d'empoisonner Lili Confetti avec de la mort-aux-rats.

— C'est exact.

— Quand j'ai entendu ça, ça m'a fait comme un coup. Parce qu'il y a quelques jours, un homme est venu acheter de la mort-aux-rats dans mon magasin.

— Intéressant… Et vous sauriez décrire cet homme ?

— Bien sûr, c'est facile ! Parce que je l'ai reconnu. Il est très célèbre. C'est le jeune chanteur, là, celui qui est en poster dans le bureau de votre assistante.

Bolognaise sursaute.

— Stan la Mèche ?

— Exactement. C'est lui.

— Attendez, c'est très important ! Vous m'affirmez qu'il y a quelques jours Stan la Mèche est venu vous acheter de la mort-aux-rats ?

— J'en suis sûr à 100 %.

— C'est une information très utile, monsieur. Je vous remercie.

— Il va avoir des problèmes, le chanteur ?

— Nous verrons. Béatrice !

L'assistante du commissaire apparaît aussitôt sur le seuil du bureau.

— Convoque immédiatement Stan la Mèche, s'il te plaît !

— Il va revenir ici ? répond Béatrice en rougissant.

— Oui, mais pas question de lui demander un autographe, je te préviens !

Après avoir remercié Kader Chignole, le commissaire Bolognaise le raccompagne hors du commissariat. Puis une fois de retour à son bureau, resté seul avec Pecorino, il réfléchit.

— Voilà une preuve qui accuse Stan la Mèche.

— Michel, ce n'est pas suffisant pour l'arrêter. Ce n'est pas interdit d'acheter de la mort-aux-rats !

— Avoue que la coïncidence est tout de même troublante.

— C'est vrai… Mais tu as oublié ce qu'a dit Quentin La Nouille ? On n'a pas le droit d'accuser Stan, sinon il va encore se mettre en colère !

— Je sais, c'est bien ça qui m'ennuie. Toute l'enquête désigne Stan la Mèche comme le coupable… Alors que faire ?

Michel est toujours en train de réfléchir, le nez levé vers le plafond, quand soudain Béatrice arrive en trombe dans le bureau.

— Michel ! Stan la Mèche ne veut pas venir. Il dit qu'il doit répéter ses chansons pour une émission de télévision et qu'il n'a pas de temps pour tes bêtises.

— Eh bien dans ce cas, c'est nous qui allons le voir ! Pas une minute à perdre !

— D'accord, Michel ! s'écrie Pecorino. Mais attention à ton lacet, il est encore défait.

Quand il arrive au pas de course au studio de télévision, le commissaire Michel Bolognaise découvre Stan la Mèche dans sa loge, en train de se faire maquiller.

— J'avais dit que vous deviez rester à ma disposition, monsieur la Mèche !

— Vous rigolez, commissaire ! Vous n'allez tout de même pas m'empêcher de faire mon métier. Mes fans vont m'attendre !

— Ils attendront ! Dites-moi, monsieur la Mèche, est-ce que par hasard vous ne vous seriez pas rendu au magasin Brico Malin du centre-ville il y a quelques jours ?

— Euh… oui, c'est exact. Et alors ?

— Et vous pouvez me dire ce que vous y avez acheté ?

— Je… des trucs pour mon immeuble… ça vous regarde ?

— J'en ai peur. Et si je vous disais qu'on vous a reconnu, là-bas, en train d'acheter de la mort-aux-rats ? Ah, on fait moins le malin, d'un seul coup, hein ?

— Commissaire ! Pas la peine de crier. Bon, puisque vous insistez, je l'avoue…

— Vous avouez que… ?

— Qu'il y a des rats dans mon immeuble.

— C'est tout ?

— Ben oui, quoi d'autre ?

— Lili Confetti a été empoisonnée avec de la mort-aux-rats !

— Mais puisque je vous dis que ce n'est pas moi ! Lili Confetti, je m'en fiche, moi, on ne joue pas dans la même catégorie, d'accord ? Je n'ai pas besoin de l'empoisonner pour être meilleur qu'elle ! Alors vous pensez ce que vous voulez, mais moi, je vous affirme que j'ai acheté de la mort-aux-rats… parce qu'il y a des rats dans mon immeuble ! Point !

— Monsieur la Mèche, je vais rester ici et vous attendre jusqu'à la fin de l'émission. Ensuite, vous me suivrez au commissariat pour un nouvel interrogatoire. Cette coïncidence est beaucoup trop…

Au même moment, le téléphone portable de Bolognaise sonne. Sur l'écran, le nom du ministre Quentin La Nouille s'affiche.

— Bolognaise ? Est-ce que je n'ai pas été assez clair l'autre jour ?

— Monsieur le ministre, l'enquête a progressé ! J'ai une information capitale…

— Arrêtez de vous acharner sur ce garçon, je vous l'ai déjà dit !

— Mais tout l'accuse, monsieur le ministre.

— Trouvez un autre coupable, alors.

Après que Quentin La Nouille lui a raccroché au nez, le commissaire Bolognaise range son téléphone en soupirant. Quand il relève la tête, il ne peut ignorer le petit sourire triomphal de Stan la Mèche.

— Un souci, commissaire ?

— Non, aucun. Allez enregistrer votre émission. Je reste dans le coin, je vous ai à l'œil.

6
Judokas et mort-aux-rats

Au même moment, Yveline entre dans le Kimono Center, le plus grand club de judo de la ville. Avant de venir, elle a préparé dans sa tête toute une stratégie pour essayer d'en savoir plus sur Dan Tatami. Elle a également emprunté le téléphone de sa mère, pour pouvoir prendre des photos ou bien enregistrer des conversations.

Une hôtesse l'accueille respectueusement par un petit salut de la tête.

— Bonjour mademoiselle, que puis-je pour vous ?

— C'est pour un renseignement. Voilà, je fais un exposé pour mon école sur le judo et je voulais savoir si je pouvais visiter vos salles d'entraînement.

— Ah, excusez-moi mais il faut être membre du club pour pouvoir entrer.

— Ah zut… Mais je peux peut-être vous interroger pour mon exposé ! Il y a de grands sportifs qui viennent ici ?

— Absolument, plusieurs champions s'entraînent tous les jours dans ce club ! Nous avons par exemple le champion de France, Dan Tatami, mais aussi Kevin Dojo, un autre excellent judoka.

— Ah oui, j'ai entendu parler d'eux ! Ils vont représenter la France aux jeux Olympiques, n'est-ce pas ?

— Seulement un des deux, mademoiselle. A priori ce sera Dan Tatami, qui a plus d'expérience, mais Kevin Dojo est également un très grand champion.

— Très bien, merci beaucoup ! Vous êtes sûre que je ne peux pas entrer cinq minutes, juste pour quelques photos ?

— Non, je suis vraiment désolée, mais le règlement est très strict. Et puis vous savez, c'est une salle de sport comme les autres, elle n'a rien de spécial.

— Bon, tant pis… bonne journée !

Et tout en s'éloignant, Yveline réfléchit à cette histoire de jeux Olympiques. « Il faut tout de suite que je me renseigne sur ces deux judokas », pense-t-elle. Elle prend le téléphone de sa mère et cherche leurs noms sur Internet. Des photos d'eux apparaissent. Les articles de journaux qu'elle parcourt ne lui apprennent pas grand-chose de plus sur les deux champions. Par contre, tous les articles mentionnent ce qu'a dit la dame du club de judo : ils sont en compétition pour participer aux jeux Olympiques, et un seul sera sélectionné. Au même moment elle aperçoit, de l'autre côté de la rue, deux hommes à l'allure étrange, debout près d'un arrêt de bus. L'un d'eux porte un gros sac de sport et ressemble comme deux gouttes d'eau à… Kevin Dojo !

Guidée par une intuition et n'écoutant que son courage, Yveline se dirige vers l'Abribus, allume discrètement l'enregistreur du téléphone de sa mère, met des écouteurs dans ses oreilles et lance de la musique en montant le volume à fond. « Comme ça, ils croiront que je ne peux pas les entendre », se dit-elle.

Karasuno
10
9
4
12
1
Horaires
Horaire
Rec

Elle reste plusieurs minutes à côté d'eux, dodelinant de la tête au son du dernier album de Lili Confetti. Ne se doutant de rien, les deux hommes discutent sans la remarquer. Le stratagème semble fonctionner ! Quelques instants après, ils se séparent et Kevin Dojo se dirige vers le Kimono Center.

Cinq minutes plus tard, Yveline coupe la musique et décide d'écouter l'enregistrement qu'elle vient d'obtenir. Dès qu'elle appuie sur « *play* », son cœur s'emballe. Car ce qu'elle entend est incroyable :

« Désolé, Kevin, c'est raté pour cette fois… mais je vais bien trouver une autre occasion ! Et rapidement…

— J'espère pour toi, Arnold. Tu m'avais promis de me débarrasser de cet imbécile de Dan Tatami. Résultat des courses, c'est une petite chanteuse qui est à l'hôpital, et mon concurrent pour les jeux Olympiques est en parfaite santé !

— Je… je ne comprends pas ce qui a pu se passer. J'ai bien mis la mort-aux-rats dans l'assiette sans viande qui était destinée à Dan Tatami ! Il était le seul végétarien de sa table.

— Et donc ?

— Je pense qu'un serveur s'est trompé au moment du service.

— C'était à toi de faire en sorte qu'il n'y ait pas d'erreur !

— Je ne pouvais tout de même pas me déguiser en serveur, Kevin !

— OK, c'est bon, j'ai compris… Je te donne une dernière chance, Arnold.

— Merci. Allez, ne restons pas trop longtemps ensemble, va t'entraîner comme si de rien n'était, je te tiens au courant. »

Yveline, tremblante devant toutes ces révélations, range le téléphone de sa mère dans sa poche et se met à courir vers le commissariat. Il faut informer Bolognaise au plus vite. Plus une minute à perdre !

7
Détective Yveline à la rescousse

Yveline a couru sans s'arrêter jusqu'au commissariat. Elle arrive, essoufflée, devant le bureau de Béatrice.

— Je voudrais voir le commissaire Bolognaise, s'il vous plaît ! C'est très urgent ! C'est à propos de l'empoisonnement de Lili Confetti !

— Encore ! Mais ça n'arrête pas, aujourd'hui ! Ce matin, le monsieur du magasin de bricolage, et maintenant toi ? Le commissaire Bolognaise n'a jamais eu autant de rendez-vous en une journée.

— C'est très important, je vous assure. J'ai des preuves irréfutables ! Ce n'est pas Stan la Mèche qui a essayé d'empoisonner Lili Confetti, c'est un champion de judo !

— Tu as la preuve que ce n'est pas Stan la Mèche ? Vite, il faut que tu racontes tout cela au commissaire !

— C'est ce que je vous dis depuis le début !

— Ah mais malheureusement… il n'est pas au commissariat. Il est avec Stan la Mèche, justement. À une émission de télévision.

— J'y vais ! Ah, et pendant que je cours les retrouver, vous devriez faire des recherches sur un certain Kevin Dojo. Je crois qu'il est un peu louche.

— Je vais me renseigner.

Dix minutes plus tard, Yveline arrive aux studios de télévision, hors d'haleine. Elle ne pensait pas qu'elle était capable de courir aussi vite et aussi longtemps. « Je devrais m'inscrire au marathon pour les jeux Olympiques ! », se dit-elle. Dans les coulisses, elle trouve Michel Bolognaise et Pecorino assis par terre. Stan la Mèche est en train d'enregistrer une chanson sur un plateau face à eux.

— Yveline ? Quel bon vent t'amène ?

— Un bon vent, commissaire, un excellent vent ! J'ai quelque chose pour vous !

Bolognaise désigne d'un coup de menton la scène.

— Ça te plaît, Yveline, ce genre de musique ?

— Je préfère Lili Confetti ! C'est moins… prétentieux.

— Je suis bien d'accord avec toi ! répond Pecorino.

— Le refrain n'est pas mal, tout de même, ajoute Bolognaise. « Je me noie dans tes yeux, ils sont beaux, ils sont deux… », c'est quand même plutôt bien trouvé, non ?

— Michel, j'ai ici un enregistrement qui prouve que Stan la Mèche n'y est pour rien dans l'empoisonnement de Lili Confetti. Et, surtout, il révèle le coupable !

— C'est pas vrai ! Mais… qui est-ce ?

— Kevin Dojo !

— Connais pas. Je n'y connais rien, en chanson.

— Ce n'est pas un chanteur, c'est un champion de judo !

— Mais qu'est-ce que ça vient faire là-dedans, Yveline ? Quel intérêt peut avoir un champion de judo à empoisonner une chanteuse ?

— Mais c'est justement ça que j'ai découvert ! Il ne voulait pas empoisonner Lili Confetti ! Il voulait empoisonner Dan Tatami !

— Pardon, Yveline, je n'y comprends rien. Oh, et puis l'autre, là, qu'est-ce qu'il chante fort…

— Commissaire, écoutez-moi bien, c'est très simple : lors du dîner de l'Association de protection des animaux mignons, plusieurs célébrités étaient invitées. Elles étaient toutes assises à la même table. Il y avait des chanteuses et chanteurs comme Lili Confetti ou Stan la Mèche, mais il y avait aussi des sportifs, comme le champion de judo Dan Tatami. Or, j'ai découvert que l'assiette empoisonnée qu'on a servie à Lili Confetti aurait dû être donnée à Dan Tatami… et que le coupable est quelqu'un qui voulait se débarrasser de lui. C'est un autre champion de judo, Kevin Dojo, son principal rival.

— Mais… mais c'est formidable ! Tu as des preuves ?

Yveline sort le téléphone portable de sa poche.

— Tu as un téléphone, maintenant ? demande Pecorino.

— C'est à ma mère, elle me l'a prêté. Tout est enregistré ici !

À cet instant, la chanson se termine et Stan la Mèche quitte le plateau.

— Monsieur la Mèche, j'ai une bonne nouvelle ! s'écrie Michel Bolognaise d'un air triomphant. Nous avons trouvé le coupable et ce n'est pas vous !

— Vous ne m'apprenez rien, commissaire. C'est ce que je vous dis depuis le début !

— Et les rats, alors ?

— Comme je vous l'ai dit plusieurs fois déjà, il y a VRAIMENT des rats dans mon immeuble…

— Commissaire, reprend Yveline, il faut faire vite, maintenant !

— Pourquoi ? L'affaire est résolue, non ?

Pecorino regarde son maître d'un air navré.

— Michel, il faudrait peut-être aller arrêter le vrai coupable, maintenant…

Une heure plus tard, Kevin Dojo est arrêté au Kimono Center et avoue avoir commandé l'empoisonnement de Dan Tatami à un certain Arnold Globule. Ce dernier est également arrêté dans la journée, chez lui, alors qu'il préparait de fausses barres de céréales remplies de mort-aux-rats. Il avait prévu de les glisser dans le sac de sport de Dan Tatami.

Son devoir accompli, Yveline rentre chez ses parents. Malika, sa mère, l'y attend avec un super goûter.

— Tiens, ma chérie, je t'ai fait des crêpes !

— Génial, maman, j'ai une faim de loup !

— C'était bien, ta journée ?

— Je me suis entraînée pour le marathon !

8
La ceinture du courage

Quelques jours plus tard, une soirée de réception est organisée au Suprême Palace par le ministre Quentin La Nouille. On y retrouve le commissaire Bolognaise et son chien Pecorino, le judoka Dan Tatami, les chanteurs Stan la Mèche et Lili Confetti, ainsi qu'une petite fille de huit ans accompagnée de ses parents. Quand Yveline arrive à l'entrée de l'hôtel, le gardien la reconnaît.

— Encore vous, mademoiselle ? Vous avez retrouvé le numéro de votre chambre ? Et vous vous appelez toujours mademoiselle… Durand, c'est bien ça ?

— Ah, non, rien de tout cela ! Mais cette fois, j'ai un carton d'invitation.

Le gardien esquisse un léger sourire.

— Très bien, bienvenue au Suprême Palace, mademoiselle Yveline. Et bienvenue à vos parents également. La réception a lieu au huitième étage, dans le salon d'honneur.

— Merci… je connais la route ! lui répond Yveline avec un clin d'œil.

En sortant de l'ascenseur, Yveline et ses parents découvrent une magnifique salle décorée d'un somptueux buffet. Le ministre, tout sourire, prend la parole.

— Mesdames et messieurs, je suis heureux de vous réunir tous ici pour vous annoncer deux bonnes nouvelles. Premièrement, je vous confirme officiellement que M. Dan Tatami, notre grand champion de judo, représentera la France aux prochains jeux Olympiques !

— Bravo ! Vive Dan Tatami ! hurle le commissaire Bolognaise sous le regard étonné du public.

— Si M. Tatami est avec nous ce soir, c'est grâce au commissaire Bolognaise, ajoute Quentin La Nouille.

— J'ai été aidé par mademoiselle ici présente, précise Bolognaise.

Tous les regards se tournent alors vers Yveline, qui rougit un peu. Le ministre reprend la parole.

— Deuxièmement, je suis heureux de vous annoncer que Mlle Lili Confetti participera au grand concours de chanson EuroKid… en duo avec M. Stan la Mèche !

— Oui, je suis heureuse de faire ce concours avec lui, répond Lili Confetti. Je pense qu'il est temps de laisser notre rivalité derrière nous et d'apprendre à travailler ensemble.

Et le regard complice des deux artistes attendrit toute l'assemblée.

— Bravo ! Vive tout le monde ! hurle à nouveau le commissaire Bolognaise en levant son verre.

— Michel, je t'en supplie, arrête de te faire remarquer ! soupire Pecorino. S'il te plaît, tiens-toi bien, nous sommes dans un endroit chic, ici…

— Oh, écoute, arrête d'être rabat-joie et amuse-toi un peu !

Une fois le discours du ministre fini, chacun se félicite et se rue sur le buffet. Discrètement, Dan Tatami se rapproche d'Yveline avec un cadeau.

— Mademoiselle ? Je souhaitais vous offrir ceci. Pour vous remercier.

— Pour moi ? Merci monsieur, mais il ne fallait pas. C'est quoi, c'est un peignoir ?

— C'est un kimono, le vêtement que nous portons pour pratiquer le judo. C'est aussi un habit traditionnel du Japon.

— Merci, il est magnifique !

— Il y a une ceinture noire, brodée à votre nom. C'est la ceinture réservée aux champions.

— Mais je ne fais pas de judo…

— Cette ceinture peut aussi être donnée pour récompenser le courage. Je pense que vous la méritez.

Et Yveline, sous le regard fier de ses parents, rougit à nouveau. Au même moment, le commissaire Bolognaise se rapproche de Stan la Mèche, en grande discussion avec des journalistes.

— Alors, monsieur la Mèche, tout est bien qui finit bien, non ?

— Comme vous dites, commissaire ! Nous n'avons pas toujours été d'accord, tous les deux, mais maintenant c'est oublié.

— Dites, puisque nous sommes pour ainsi dire réconciliés…

— Oui ?

— Voilà… j'ai écrit le refrain d'une chanson, je me disais que ça pourrait peut-être vous intéresser ? Vous savez, je suis un peu poète à mes heures perdues et…

— Heu… C'est gentil, commissaire, mais je ne sais pas si…

— Laissez-moi vous chanter le refrain, vous allez voir, c'est pas mal du tout !

Et sous le regard terrifié de Stan la Mèche, le commissaire Bolognaise se met à chanter :

Croyez-moi, croyez-moi
Il n'y a pas de rats chez moi !
S'il y en a qui disent ça
C'est pour dire du mal de moi !
Croyez-moi, croyez-moi
Il n'y a pas de rats chez moi !

— Je veux rentrer à la maison… soupire Pecorino.